딸꾹, 참고서

문학과 사람 기획시선 005

딸꾹, 참고서

문학과 사람 기획시선 005

초판 1쇄 발행 | 2019년 10월 30일

지 은 이 | 홍인숙
펴 낸 이 | 김광기
펴 낸 곳 | 문학과 사람
등록번호 | 제2016-9호
등록일자 | 2016년 7월 22일
주　　소 | 경기도 시흥시 하상로 36 금호타운 301-203
서울시 마포구 성미산로 1길 30, 2층
전　　화 | 031) 253-2575
전자우편 | poetbooks@naver.com
홈페이지 | http://cafe.daum.net/yadan21

ISBN 978-89-89265-96-2 03810

값 9,000원

대전광역시 DAEJEON METROPOLITAN CITY 대전문화재단

* 이 사업은 대전광역시, (재)대전문화재단에서 사업비 일부를 지원 받았습니다.

* 이 도서의 국립중앙도서관 출판시도서목록(CIP)은 서지정보유통지원시스템 홈페이지(http://seoji.nl.go.kr)와 국가자료공동목록시스템(http://www.nl.go.kr/kolisnet)에서 이용하실 수 있습니다.(CIP제어번호: CIP2019041727)

* '문학과 사람'은 1998년 등록되어 출판 진행된 'AJ' 등과 연계됩니다.
* 이 시집은 교보문고와 연계하여 전자책으로도 출간됩니다.

* 본문에서 페이지가 바뀌며 연 구분 공간이 있을 때에는 〉 표기를 합니다.

딸꾹, 참고서

홍인숙 시집

■ 시인의 말

생각보다 느낌이 먼저 와서
곤혹스러웠던 날들
좋은 이를 곁에 두면 몸이 먼저 굳어버렸다

아무렇지 않은 척 놓쳐 버린 시간들
아무 것도 용서하고 싶지 않던 오랜 일들

선물처럼 내게로 온 아이들
나의 나 된 것이 그 모든 흔적에서 왔음을

오래 걸은 것 같은데
주위를 둘러보니 문득, 이 자리이다

다시 나를 읽는 시간

2019 가을, 홍인숙

■ 차 례

1부

2부

3부

4부

1부

선인장

한 달째 전화선을 뽑아두고 지냈다는데, 뒤 늦은 안부에 저간의 사정들이 이제야 봇물 터진 것인데, 화근은 더 오래된 과부댁 사촌올케 화투장 뗄 때마다 은근슬쩍 한 장씩 붙여나간 말본새 탓이라는데, 늘그막에 영감이라니 쉬쉬 실룩이는 입시울마다 뚝뚝 떨어지는 말복 타령에 화채그릇 꽤나 비웠다는군, 인공관절 삐걱거리는 통증보다 더 못할 노릇은 수런수런 압점을 파고드는 눈치들이라고, 엄마, 인간은 파충류의 뇌에서 이야기를 만들며 진화해 왔대, 누군가의 이야기를 전할 때마다 기억력도 향상한다잖아 쿡쿡, 어딜 가도 과묵하게 살라는 말 틀린 건 아니지만 참는다고 다 꽃이 되는 건 아니라대, 증세에 따라 안개도 되고 바람이 되기도 한다던데, 몸피를 줄이고야 훨훨 나는 새처럼 한 계절에 잉태하는 이야기는 천간에 날려 보내는 거래, 자식 셋 포르르 떠나간 낡은 삽짝 밀치면 아직도 가시 찔린 눈물 뚝뚝 떨어지는 빈 방, 상채기 떨어져 나간 자리에 새살 돋듯 선인장 한 잎 봉긋이 차오르는 것 좀 봐, 저 더디온 접물(接物)이라니!

편년체에 대한 각주

홈쇼핑 채널 돌리다, 덤벙
신혼살림에나 어울림직한 아이보리색 주물냄비를 들인 건
아무래도 넓혀간 집 구색에 맞추려는 것이었다
이중 안전 뚜껑이 제 값은 치러 주리라 믿고 내놓은
잘 닦이지 않던 냄비 몇 개
싱크대 깊숙이 밀어둔 엄마의 그릇들
살림 날 때 버린다던 결심도 함께 삭고 있다
오랜 묵독 끝에 정본을 세우자는 것인데
화들짝, 헌 바닥에다 소용을 달고 있다니
문득 거울 앞에 눈꼬리 처져 웃고 있는 여자

아버지의 술 취한 무용담을 받아 적느라
자주자주 하얗게 지새우던 날
시퍼런 새벽을 문틈으로 찔러 넣을 때면
밤새 비명과 함께 사라진 양은냄비가 돌아오곤 했다
마당 한 귀퉁이에서 투둑 툭
구겨진 바닥을 펴는 아버지 웅크린 등 너머
덜그럭대는 연장통 속에 누렇게 뜬 아침 해가 부서졌다
바람의 미망을 필사하던 아버지는

끝끝내 엄마의 각주를 달고 북쪽 하늘로 돌아갔다

한때 녹슨 문을 밀치며
당신과는 다르게 살리라 돌아선 적 있다
새로운 독본을 쓰는 동안
몇 개의 본문처럼 아이들이 자라났다
쌓인 켜에 바람이 들자
일제히 와글거리는 낡은 그릇들
이슥한 시간 틈 사이 담아 제자리 앉혀두자
나도 누군가 한 생의 각주가 되고 싶은 것이었다

흔해빠진 이야기

언제부터였을까요 삐걱거리는 높은 뒤축을 탓하며
왼발과 오른발이 불협화음을 내기 시작한 게
신기료장수 아저씨를 만난 즈음
구두 굽을 가는 동안 뜻 없이 왼발바닥의 통증을 말했죠
슈즈닥터의 명쾌한 진단은 오래된 상흔이라네요
꼬리뼈에 미친 충격으로 골반이 틀어진 탓이라고요
두 발이 엇박자로 흔들려야 시작되는 보행이니
비대칭인 몸 간의 일들을 몰랐을 밖에요
그러니까, 불균형의 오랜 역사는
느닷없는 골절로부터 파생된 셈인데요
스스로 들어붙은 오랜 실금이 기억 속에 파묻은 통점이었나 봐요
발과의 불화로 불뚝거리는 생의 요철을 밟으며
올라설 때마다 흔들렸던, 하이, 힐!
굽은 길의 곳대를 따라잡던 저린 날들은
불편한 기억을 담은 낡은 가죽으로 남았지요
왼발의 안전이 바른발의 허방이었던 적도 있었다면
불편이 몸의 길을 낸 지 오래됐다는 말

슈즈닥터는 솜씨 좋게 한쪽 굽을 눈곱만큼 도려내 주었어요

이러구러 구두와 한 몸이 되었군요

때로 바른 것만이 옳은 게 아닐 수도 있다는 가벼운 날숨

서로 한 곳을 바라보고 가자는 건데요

관심이 없으면 알아채지 못했을, 그런 이야기

달의 틈새

후두둑 일몰이 지고 있다
어둠을 머금은 창문들이 희부연 불빛을 토해낸다
멀리 달이 떠올랐다

한사코 가려워지는 몸의 반란에 뒤척인 날이면
아랫배 그득 채워지던 허공의 울음
눈썹을 파르르 흔들고 지나갔다

가만히 손 내민다
피부를 뚫고 날개가 돋으려나보다
가만가만 어둠이 몰려오자 환해지는 기억이 이토록 사무치니,

몇 번인가의 인공수정 끝에
생은
흑점 사이로 무례히 지나갔다

텅 빈 달에 입김을 서린 채
이젠 물을 들여다보지 않겠어

주사 바늘로 찌른 생의 이력을 다시는 쓰지 않겠어,
라고 써본다

그러니 네가 돌아오는 저녁엔 물고기를 굽고
음악을 틀고 발가락을 닦아 줄 거야
오래오래 어루만져 줄 거야, 라고도 썼다

문득 막막한 눈이 투명해지자
달의 틈새가 어긋나고 있었다
수직으로 낙하하는 저녁 무렵에

다산 초당을 오르며

저 강진 땅 험하고 강파른 산길 오르막 내내
어디선가 댓잎 스치는 소리 서늘하다
좁은 길 내어주느라 마주 선 늙은 소나무들이
비와 바람 휘돌아 나간 굵은 허리춤마다
얼 박힌 맨살을 드러낸 채 수런거리고 있다
툭툭 불거진 소나무 뿌리를 밟고 들어선 유배지
발자국 틈새로 고여 있던 침묵이 꿈틀거린다
한 이백 년 유장한 시간의 척추에 의탁한 듯
적멸 속으로 사라지는 웅숭깊은 그림자
한 발씩 떼는 동안 부스럭대는 늦은 오후
황황히 흘러가 버린 오랜 세월의 안부를 묻는다
푸르른 바람의 통점을 밟으며 다산초당을 오르다
휘청, 중심을 놓쳐 나무 옆구리 붙드는 순간
울퉁불퉁 내밀던 손등이 눈길에 잡힌 것이다
제 살아온 내력을 증명한다는 유일한 이면
악수할 때마다 화끈 달아올랐던 손등이 시간들 뒤끝으로 남았다
거친 굴곡에 따라 따뜻한 손바닥을 가리는 치욕
덜그럭덜그럭 불화의 요철을 밟는 뿌리의 길

소나무 뿌리가 지상에 올라와서야 굳은 것처럼
못난 손등이 나를 붙들어 준 힘이었구나
우두커니 전조등 하나 의지해 편액 밝히는 초당 안 들여다보니
여기저기 다산의 그림자 휘황하다
열복보다 청복을 윗길로 삼아
가슴속 푸른 피로 물들인 심상한 날들
심지가 받쳐준 시간이 누대에 뿌리내릴 때
솔잎 끝에 흩어지는 인광 서슬 푸르다

꽃잎의 그늘

몇날 며칠 밤이든 오롯이 끌어안아야
꼬박 받아낼 수 있는 생각이겠다
지금 막 푸르게 몸피를 바꾼 저 창밖의 세상으로
툭툭 울음의 잔가지 떨어지겠다
꼬리를 내던지며 달아나는 시간의 각질 따라
유리를 투과하는 시선이 찾아가는 길
그것 말고는 달리 할 일이 없다는 듯
어제와 같은 그날이 천천히 떠다니겠다
창문 이쪽으로는 아무런 미동도 없이
몇 개의 화분만이 고른 숨 뿜어내며
그늘은 언제 저만큼 돌아앉았는지 헤아리고 있겠다
붉게 타는 목마른 시간의 혀
언젠가 창가에 나앉아 풀이 된 여자의 이야기를 들은
적 있다
잠깐 새 창틀 사이로 바람이 스쳤는지
바르르, 꽃잎들 부딪히는 소리 살강대겠다
온몸의 구멍으로 뻗어나가 햇살이 되고픈 여자
누군가를 간절히 기다리는 일은
함부로 빼낼수록 깊이 들어가는 속울음

투둑투둑 자판을 치는 새벽이 몇 마디 웅얼대겠다
귀머거리 같은 밤 내내 토닥여 주었다고
혓바늘 돋는 날카로운 모가지
푸른 멍 숭숭 봄 그늘로 포개어 주었다고
손등 위에 파란 정맥 툭 툭 불거지겠다
날금날금 제 상처를 파먹으며
하얗게 뚫고 나가는 서늘한 그늘의 시간 깊어지겠다

월미도에서 달의 꼬리를 잡다

누구의 손목을 이끈 흔적들인지
눅눅한 식당 벽 낙서들
부딪치는 술잔 너머로 어룽거린다

소주 한 잔 기울이다 배편을 놓았다
갯바람에 사이사이 흘러든 모래알갱이
무릎에 닿을 때마다 키득 키드득
간지러운 반점은 다른 몸을 찾아 붉게 물들고

불 밝힌 배 한 척 없는 저녁 바다
꽁꽁 묶어버린 달빛 교신
풋풋한 두 어깨를 툭 한번 치고 가고
툭 한번 받고 가고

이국으로부터 몰려오는 파랑
술잔 속에 두근거리는 단내
코끝에 당기면 따라오는 살내
그때 분명 짭쪼롬 입술에 와 닿았던 달의 꼬리
〉

부풀어 오른 밤바다에 제 얼굴 대어보다가
저만큼 달아나버린 설익은 몸짓
우리는 모른 척 술잔을 기울이며 키득
불온한 달 바다에서

벚꽃 동산

올망졸망 꽃잎 사방에 터뜨린 나무 그늘이 선연하다
벚나무 검은 가지마다 기억하는 저 환한 울음들
오래오래 머물러 어둠을 밀어내고 있다

그날, 다리미 바닥에 화르르 문드러진 연분홍 스웨터
아홉 살 엄마놀이는 마루 밑으로 꽁꽁 숨어들었지
꽃 그림자 길게 떨어진 툇마루에서 동동 입술 깨물던

빈 집으로 까무룩 내려오던 발걸음 소리
다정한 입술 오므려 쉬이 쉬!
울음의 끝을 내려놓으니 비로소 환해지던 마당가

어룽어룽 벚꽃 잎들이 아버지 연장 가방에 살랑이고
둥그런 먹통 속에 차곡차곡 감겨 있던 울음의 속살
그런 날 당신은 내게 먹줄 끝을 팽팽히 당기게 했다

머지않은 이 끝과 저 끝 한 가닥 검은 현이 탄주하는
고즈넉한 저녁, 바람결에 벚꽃 잎들 분분 흩어지고
벚나무 검은 뼈마디 유현하게 다시 한생의 길을 연다

자목련 피는 봄밤

발그레 봄이 드는 길목
출렁이는 한세상을 비집고
또렷한 첫울음 터뜨리는 붉은 몸이겠다

몇 모금의 숨을 고르며
아득한 목련나무 그늘 아래선
그림자보다 먼저 발치에 내려서는 달빛이겠다

새봄이면 한차례 피어나는 꽃숭어리들이
내내 흔들렸을 긴 겨울밤
살 속에 파묻힌 이름이 밤새 토악질 했겠다

목련나무 흔들리는 바람결에
달빛이 그네를 타고
빈 하늘 한 귀퉁이 물고 왔겠다

갈대

해거름 시장 모퉁이에
아낙네들 궁둥이가 담장을 둘렀다
오이가 떨이란다 천 원에 열두 개
발품 판 덕분이군, 두 더미나
푸지게 담은 장바구니
오늘은 손님이나 많이 들어라

아뿔사! 그럼 그렇지
바람 든 오이들
뚝 뚝 분질러 내던졌다
모르면 비싼 것으로 사라던
옛말 딱 들어맞는군
그다지 끌탕 할 것도 없이
맘 자락 털어낸다
어깻죽지 한번 툭툭 쳐내며

살아도, 살아도 모르겠더군
치마 속에 바람 들던 처녀 시절엔
다들 빤하다는 속을 몰랐지

무장무장 진창길 돌다보면
물거울에 비친 낯선 여자
앞에 흠칫, 푸르르 체머리 흔드는
갈 데 없는 내가
단단히 바람 든 갈대가 되었다
뼛골 부서지기 전에
뭐라도 한번 해보겠다고,

박제의 날들

조치원 고복저수지 향한 날
어둑한 시골길 들락날락 몇 바퀴 돌다
예정에 없던 '연기향토박물관'을 만났다
젊은 해설사가 녹슨 세월의 빗장을 연다

온갖 영욕의 이름이 빼곡한 시간의 저장소
밥 끓이는 토기며 물 담는 토기
지켜야하는 식솔들
청동숟가락의 날카로운 끝자락은 긴장을 고누고 있다

암수 기왓장 유려한 틈새로 얼비치는 이야기
막새기와 문양 따라 둥글게 말린
부풀었던 일, 분노했을 일, 화사했을 말들
푸른 심연에 든 청동거울이 고요히 봉인을 친다

즐비하게 눈을 뜬 채로 말문을 닫은 입
어둠이 지나간 자리에 오도카니 주저앉은
돌담 한 귀퉁이 빗물 고인 돌절구에
나비 한 마리 날개를 접는다

〉

바닷길 되돌아 나오지 못한 어린 손이라도 불러들였나
새파랗게 젖은 몸 파드닥 솟대 위에 잠시 머물다 간다
세월 어디고 휘휘 걸려 있는 박제된 날들
잃을 수 없는 기억이 심간에 지문으로 남아 있다

옷가게 앞 편의점

담장 너머 왕비님을 바라보는 건 거리의 일
벼랑 아래 핀 꽃을 지켜보는 치명적인 시간이야
진열장 불빛이 만월로 빛날 때 길 건너에 멈춰선 발길들이지
오래전 구애의 문장은 어떻게 시작했던가
언제나 망설이는 건 첫 소절이었지

그렇군요
구름이 일렁이는 건 울음을 머금었기 때문이에요
담쟁이넝쿨이 지나간 담벼락엔 실금이 그어진다죠
배를 띄우는 일은 결코 고요롭지 않아
힘껏 녹슨 고물을 밀어내야 흔들리는 일이라지요
여기 은행나무 아래서 여러 번 계절을 물들였습니다
당신은 누드 점묘화 위 먼지를 털어내고
오늘도 입김을 뿜어 유리창을 닦아냅니다
황금의 알이 낳는 태초의 설화를 모아
빛바랜 자루에 쓸어 담고 조각달을 채우시나요
페넬로페의 뜨개질이 계속되는 당신의 쇼 윈도우

아름다운 연인을 위해 어깨를 빌려주는 마네킹이 훌쩍일 때
물고기자리로 떠난 남자는 돌아오질 않네요
오늘은 여러 번 고요의 무늬를 짜는 당신
물큰 제 몸에 길을 내고 있군요
격정의 계절이 바뀐 달력에 붉은 가위질은 해두었나요
부스스 마네킹 몸에 치장한 황금빛 외투
당신은 또 다시 불 켜진 유리벽 뒤로 사라집니다

편의점 앞에는 가끔 연인들이 손을 잡고 지나갑니다
하얗게 빛나는 붉은 웃음이 잠을 쫓아낼 때
유리를 투과하는 투명한 눈물
담장 넘어 왕비님을 바라보는 문장에는
아직 벼락의 무늬가 찍히지 않았기 때문입니다

그대에게 가는 길

우체국에 가는 소녀야
은빛 바퀴살을 감는 하얀 종아리가
눈부시도록 빛나는 봄날이려니
흐드러진 햇살 아래 춤추듯 은륜이 가네
밤새 머리맡에 설레었을 노오란 봉투
바람결에 부풀어 덩달아 흔들려 가네

싱그러이 달싹이는 엉덩이를 흔들며
우체국에 가는 소녀야
미처 알지 못한 저만치, 슬며시 몸 기울여
사랑이 처음 달려오는 길을 보았니?
새떼가 후루루 날아가 버린 하늘 멀리
하얗게 차오르던 아찔한 그의 이마
맘에 품은 말들이 하르르 옷을 벗던
사랑이 처음 달려오는 길을 보았니?

숨기지 못한 입가에 망울 터지는 봄날
그 사랑 붉은 입술로 속살대고파
우체국엘 가는구나 소녀야

이제금 우체국 책상에선 연밥을 따며
화르랏, 말, 말 달려
그대에게 가는 길 열어주겠네

2부

새 식구

어미젖 떼자마자 인편에 부쳐
친구가 보내준 강아지 한 마리
담겨온 종이상자 그대로
마당 한 귀퉁이에 붙잡아 매두었다
파르르 손끝에 감기는 가녀린 몸짓

돌아선 발길 뒤로 밤새 끙끙거린다
정 붙이기 싫어 수년째
짐승 한 바리 거두지 않던 빈 마당에
눈부신 햇살이 쏟아져 내린다

하얀 터럭을 흩뿌리며
땅바닥을 헤집던 여린 발짓
낯선 새 주인이 어떨는지 궁금한 듯
망연한 눈빛으로 부딪쳐온다

불현듯 일렁이는 애잔한 그림자
그래, 살면서 저리도 누군가를
애면글면 부여잡아 본 적 있던가
강아지 발자국 속에 문득 나를 겹쳐본다

둥근 저녁

여름나기로 일가붙이 큰 아들네마다 돌아가는 곗날이다
공정리, 가옥리, 무주 인근 물 좋다는 마을에 뿌리 내린
몽글몽글 개울가 돌멩이 닮은 한 무리 친지들이 모였다

일찌감치 땡볕을 피해 자리 깔은 다리 아래엔
수박 쪼개는 손끝 따라 환히 벌어지는 붉은 웃음들
피라미 잡이에 한참인 식솔들 어깨 위로 다디달게 얹힌다

아침나절 안부 다녀온 도립요양원 이모님 눈빛 따라온다
남정네만 보면 장조카를 호명하며 까무룩 웃던 둥근 입
그때마다 대를 이어온 마당가 휘돌아 나가는 낯익은 온기

짧은 한나절 어느새 걸쭉한 어죽 한 사발에 풀어지고
둥근 밥상에 끼어 앉아 빠진 수저 헤아리는 새 며느리
아직 훈기 가시지 않은 무쇠 솥 안에 넉넉한 저녁이 퍼져간다

가객

잎새 떨어진 나무 아래에서
미처 수습하지 못한 매미의 허물을 보았다

몸이 떠난 길을 기억하는 등줄기
저 결의의 몸짓이 소리의 집을 지었겠다

아득한 틈과 틈 사이 시간의 화석 앞에
왜 내가 이토록 가슴 떨리는지

태를 찢고 일제히 튀어 올랐을 싱싱한 날갯짓
나무들의 심박동을 올렸겠다

하늘을 뒤덮은 시퍼런 가락으로
텅 빈 내 몸 속에 비수 하나 밀어 넣는다

딸꾹, 참고서

단번에 데워지는 그, 뜨거움에 목말라 목구멍 헐도록 헛물 삼키고도, 목메는 사연들이 불량호스를 박은 채 구겨 넣은 물 새나간, 비루한 꼴들 모여 앉아 빠져나간 시간의 안부쯤이야, 아랑곳하지 않는 진급하지 못한 저들이, 밤새 배설한 쓸쓸함에 관하여, 아무도 기억할 필요 없는 늦은 몸단속 그치고, 흔들어 세운 택시 안에서 들려오는 평화의 메시지, 가족이 기다리는 집으로 지지직…그러나 더 이상 들리지 않는 사랑하는 여러분, 딸꾹 이제는 돌아갈 시간 가족이, 딸꾹 기다리는 집으로 새빨간 거짓말, 나는 모두 외출 중 뚜 뚜 뚜 뚜…딸꾹,

안전 불감증

어둠 속으로 사라져 버린 사람이 있다
그와 익숙했던 거리가
몸살을 앓던 그날 밤
음식물쓰레기 수거차 나선 그가
불법개조 자전거를 탄 보람도 없이
추돌이 아닌 허방의 구렁에 먹힌 것이다

삼륜자전거 뒷바퀴가
도시의 오물을 퍼 담는 동안
다음 칸으로 이동 중이던 앞바퀴는
예측 불허의 어둠에 빨려들고
구멍 주위의 오물찌꺼기들이
그의 부재를 증명한 건 바로 아침의 일이다

표지판 하나 없던 가변도로 공사현장에
어느새 노란 안전띠가 둘러지고
도시와 경찰의 밀약적 방조 아래
전방주시 미확인으로 처리되었다
도시의 어둠 뒤에 용도 변경된 주검은
또다시 신속 폐기처분되었다

그녀의 염전

소금한증막이 일터인 허드레,
그녀의 밤이 깊어간다
사철 폭염 아래 소금자루 층층 쌓아올리던
여자의 무릎에 점, 점 지네가 지나갔다

침묵으로 하루를 지워나간 자명한 통점
끝없이 흘러내리는 땀방울이
핏빛처럼 맺히던 내내
아무도 그녀의 눈물은 보지 못했다

부패하지 않는 아픈 독 송송 맺힌 불빛 아래
바다의 속울음이 더러 들리기도 한다는데
덜그럭덜그럭 멈추지 않는 그녀의 수차
인공관절 덧댄 그녀의 걸음걸이 꼿꼿하다

동강할미꽃

사랑은 한 목숨 거는 일이지
죽어서도 못 놓을 이름 두는 일이지

어떤 운명에 닿아 붉은 입술 열었을까
꼿꼿이 절벽을 향해 내리꽂은 날갯짓

까마득한 강벼랑에 햇살 이울 때
들끓는 마음 세차게 뿌리 내리고

너는 거기에 광활하고
나는 여전히 타오르는 목숨 걸어두지

LINE 미용실

한밤중 적막한 상가에 119가 도착했다
초봄 개업한 LINE 미용실
여자가 뛰쳐나오자 주춤주춤 남자가 뒤따랐다

묵은지* 밥집이 내부 수리에 들어갈 때부터
입빠른 상가엔 수런수런 소문이 나돌았다
여자의 복선에 대한 남자의 지지선 따위

미용실 내부를 손질한 건
현란한 가위질이 절정을 디자인한 때문이라고
도화선에 엉기지 않는 커트라인
뒷면에 꽂히는 날선 시선을 받아치려면
앞면을 날렵하게 솎아내고 쳐내야 한다던데

뽀얀 조명등이 켜진 망사 커튼 너머
목젖을 드러내며 웃는 여자
평화는 순식간에 열 평짜리 공간을 팽팽히 부풀렸다

남자의 어깨가 유난히 불퉁거리던 날

119가 다녀간 후 남자의 선은 지워졌다
간판을 떼어 낼 수는 없었으므로 존속한 LINE 미용실

솔깃한 거울 앞에서 여름 내내
따가운 시선마저 잘라내던 미용실 여자
더위가 가실 즈음 딸린 방 한 칸에
학교에서 돌아오는 거뭇거뭇한 아들이 보였다

골목 상가에는 라인이 없기에
아무도 그 여자를 완벽하게 가늠하지 못했다

* 묵은 김치의 전라도 방언

꽃의 이력

찔레 화창한 봄날 태어난 여자

처음 볼에 닿았던 꽃내음 아는 당신은

첫사랑도 꽃받침인양 향기롭게 맡았던 게지

흙냄새도 갯냄새도 약냄새도

당신의 손끝에 꽃 피우는 숙연한 노릇이었지

순한 눈을 가진 죄로 쩌렁쩌렁 불안한 밤

정수리를 후려치는 으름장에도

따뜻한 밥상을 내오던 미욱한 당신

머리채에 흘러내리는 검붉은 피를 적셔

한평생 순한 꽃대를 키워냈었지

조금씩 닫혀 간다는 건 기억의 모서리를 둥글리는 일

혈관성 치매 의심이라는 검진표를 들고

머뭇머뭇 전화기 속에서 숨죽인 당신

꽃들이 모여 회의하는 그늘에 끼어

꿈쩍 않고 여진이 지나가는 길목을 지키고 있다

그믐달

배가 물을 가르는 건 물의 흐름을 탄다는 말
물은 배의 리듬을 받아준다는 말

빈 하늘에 달이 차오른다
허허바다에 누가 입김을 불어 넣는지

침묵으로 생의 이력을 늘이는 밤이 깊다
기다린다는 말은 귓가에 긴 그림자를 거는 일

잘박잘박 물질에 무끈히 구부리는 저 여자

항해

태평동 시장 어귀 대서양 횟집에 칼질 야문 젊은 주인이 속살 야들한 회를 뜬다 삼백예순날 하얀 태양 아래 젊은 패기는 부드러운 속살 저미는 벼린 솜씨면 족했다 손님들 권하는 소주 한 잔에 나팔꽃 미소 띠며 뚝배기에 연신 내오던 수북한 홍합탕 사람 좋게 웃던 횟집 남자는 언제나 겸손했다 둘째를 낳고도 해초처럼 하늘하늘한 어린 아내의 두 볼에 찰찰 감긴 오목한 미소가 빛났다

날마다 출항하던 대서양호가 침몰한 건 추적추적 비린내에 젖던 가을밤 산소호흡기 한번 달지 못한 절명의 시간 아비 앞세운 셋째는 울음 감긴 탯줄을 걸었다 대형 수족관 안에 터억, 해초 한 자락 걸린다 모든 것을 쓸어간 뒤끝에는 결연한 침묵만 내내 보글거리는 수족관 앞에 납작 엎드려 물컹한 눈으로 사무친 말 건넨다 단단한 울음의 집을 야무진 칼끝으로 저미는 일에 대한,

흑백 사진

해묵은 가족사진 속에 서해바다가 출렁인다
비릿한 물살 무늬 들춰내면 기억의 뼈가 보일까
한 장씩 넘길 때마다 차갑게 읽히는 푸른 파도
하늘이 금 긋고 간 수평선 너머 무슨 소식이 들 것도 같다
두고 온 고향 가까이에 뿌리내렸다는 부평 집
촉 낮은 전구 아래엔
가르마 반듯한 아버지가 웃고 있다
푹 푹 가난의 마디 분지르고 싶었던 날
동생에게 아무런 장애가 없던 날도 거기에 있다
술 취한 밤이면 부모님 영정 앞에서 울던 아버지
그땐 당신에게 깃든 짐승의 소리를 듣지 못했다 우리 가족은
누구도 서로의 따뜻한 부호를 읽어내지 못했다
출렁이는 바닷물이 온몸을 가르고서야 환해지듯
어둠이 인화되자 소리 없이 다가서는 다정한 말들
어금니 사이에 지긋이 물어본다
파르르 꼬리를 자르고 달아나는 기억의 모퉁이에서
빛바랜 젊은 남편 얼굴을 바라보는 팔순의 어머니
나도 그 곁에서 기억 한자락 당겨보는 것이다
오랜 통점을 어르는 손길 끝에 비로소 간절해지는 얼굴들

호연재 언니께

그래요
한때는 세상일이 꿉꿉하다 생각되는 날들 많았네요.
취해 보아도 울어 보아도
등이 시리기만 한 날들 많았네요.
언니도 그랬던 거죠

"취하고 나니 천지가 넓고
마음을 여니 만사가 그만일세.
고요히 자리에 누웠노라니
즐겁기만 해 잠시 정을 잊었네"

잠시라도 취해야만 잊을 수 있는
가슴에 매단 돌덩이
평생 담고 사느라 온통 불길이었을
취작(醉作)으로도 털어내지 못한 수많은 밤

언니, 이 땅에 사는 우리
누구라서 평안하다 말할 수 있을까요
수백 년 지난 지금도 봄볕을 비껴

차가운 눈길에 옥죄는 울음 얼어붙은
나도 그래요
거기 들리나요?

드넓은 세상에 호기롭게 태어난 일
의연하게 자리한 시비 앞에 서니
이제 막 동트기 전 하늘이 가장 어둡다는 걸
고마워요, 언니
호연재에 켜두신 *'마음은 한 점 등불'*

3부

달팽이집

전세에서 사글세방으로 주저앉아
이삿날 받아 놓고
버려야 할 짐짝들 어림해보는데
너무도 터무니없던 적 있었지

철지난 허접 옷가지 치우려는데
이것아 그러다 어미까지 내버릴라
엄마의 불호령에 빗발치는 봄날
집 짓고 들어앉을 단꿈에 젖어본다

별이 아름다운 것은

한 시절 기꺼운 옛 이야기 있어
아버지, 사람은 죽어서 어디로 가나요
곁에 둔 이들은 모두가 별이 된단다
빛의 등불 켜들고 먼 길 기다려주지
그때에 비로소 화안한 빛이 걸리고, 얘야
캄캄할수록 별이 더 빛나는 건
곰살궂은 그 젖줄 거두지 못한 때문이란다

겨울 밤 아득아득 신열에 들뜰 때
별들이 까무룩 물결에 번지곤 했어요
아, 아, 아버지 강물이 험하게 출렁거려요
미끈덩 맨몸으로 나와 한평생 물살에 휩쓸렸어요
발판을 대지 못해 묶어둔 것 없어
홀로 대거리하던 난바다
요동치는 파도 속 뿔뿔이 눈 밝은 먹물만
아무도 찌르지 못할 환멸의 서사를 쓰곤 했지요

긴긴 밤 혼곤한 이마를 짚어주던
내 한 시절 기꺼운 옛 이야기 있어

겨울날 밤길에도 홧홧 별들은 타올랐어요
얘야, 별이 아름다운 건
철새가 깃들일 방마다 불 밝힌 때문이란다

주름 꽃

어느 나라인가 삼천 켤레의 구두로 남은 여자가 있었다지요
구두에 대한 집착을 낳은 아비였는지 모를 일이죠
어떤 기억이 머릿속에 엉겅퀴를 심은 사람도 있었대요
결혼을 앞둔 한 남자가 마지막으로 그 아비에게 물었다나요
어린 시절 물속에 빠뜨려 죽이려 한 이유를 말이죠
얘야 그 말을 왜 이제야, 어릴 때 물에 빠져 큰일날 뻔한 걸 건져냈단다
오래 전 아버지를 따라서 대나무 귀이개를 장에 내러 간 적이 있어요
검은 가방 속에서 좀체 줄지 않던 귀이개 다발 너머 시장길 내내
눈에 밟히던 검정 에나멜 구두가 덜컥, 따라왔던 거예요
어느 동화에서 읽은 이야기일까요
검게 엉겨 붙은 의문에 점잖은 이 선생이 처방을 내리시네요
아버지란 언제나 쓸 만큼의 주머니가 있는 존재랍니다
벽지에서 뚝뚝 떨어진 꽃모가지들이 심장으로 흘러들어요

달빛 머금은 우물에 던진 두레박
제 얼굴이 커진 건 거울 때문인가요
화인 맞은 스타킹을 벗어던지고 오그라진 다리로 내달려 봐요
등줄기를 쓸어내리며 유성우가 흐르는 계단
부서진 손목을 붙잡고 새의 노래를 함께 불러요
여러 겹의 주름들이 층층 내력을 펴는 이약, 이야기가 있는 자리

옷 다리는 여자

누군가의 구겨진 마음을 펴듯
마른 옷가지 다릴 때마다
상처를 핥아주는 짐승의 혀처럼
뜨거운 손길로 토닥이는데

속수무책 통지를 받은 눈빛과
기약할 수 없는 떨림의 자국
몇 번이고 움츠렸을 어깨 다독이며
꼿꼿하게 깃을 세워 그대, 라고도 말해본다

감춰진 울음을 받아준다는 것
수없이 구부린 무릎에 훈김을 쐬는 일
허물어진 들판과 흩어진 구름을 모으며
조용히 상처 난 틈으로 들어가는 여자

거미줄

허공에 지은 집 한 채
사방 뻗는 포획의 촉수
누군가 궤도를 이탈한 방심의 순간
뒷덜미를 움켜쥐리라

절묘한 수읽기에 걸려든
저 무명의 실족사
채 다다르지 못한 주검의 속도 위로
부르르 파문이 인다

새는 날아가고

여름 한낮 차창 밖으로 국지성 빗발 맹렬히 내리꽂히네 달리는 속도 따라붙는 빗줄기마다 생의 응집력 사선을 넘네 유리창에 착상된 빗발들이 제 몸 부릴 곳 찾아 순식간에 미끄러지네 죽죽 저마다의 주소지를 찾아 흔들리며 사라지는 저 간절한 후미들 한번도 몸을 얻지 못한 빗방울들이 결정을 맺었다 흐트러지네 건너야 할 바닥이 허공을 짚네 혼자 돌아와 미역국을 끓이는데 왈칵, 해가 넘어 갈 때 몸이 기우는 곳은 아직 뜨지 않은 별자리인데 점점 어두워지는 강물일 텐데 엄마, 국 한술 넘기는 게 옳은 일일까 생각하다가 이해 받을 인생이란 애초에 없는지도 모를 일인데 이 끝과 또 한 끝 팽팽함을 유지하는 건 허물어져 본 사람만이 잴 수 있는 바람의 동선일 텐데 마음속의 새 한 마리 하늘로 날아가 버렸네 제 살 파먹고도 벌어지는 목구멍 속에 엄마, 묵묵히 구부린 무릎 밑에 뿌옇게 쌓여 있던 입속말들 한없이 풀어지네 천간에 지문으로 남았네

동백꽃

겨우내 너를 앓고
해운대 바다에 찾아 갔었네
무심한 발길 아래 동백꽃무덤
붉은 것들은 슬픔의 기미를 간직했는데
검푸른 동백이파리 풋것의 기억을 매달고 있네

해변에 어우러진 청춘들
물비늘 반짝이는 파도를 읽네
가만히 모래 밑에 손등 밀어 넣어
귓불까지 붉어질 주술을 부려볼까

파드닥거리는 새의 날갯짓
흩어지는 물결 위로 우르 우르르
윤곽 흐려진 바닷바람 술렁일 때
툭, 새의 심장보다 먼저 떨어지는 꽃모가지

정적이 흐르는 어느 경계에
서둘러 꽃잎 닫아버린 슬픔을 생각하는데
꽃이 진 그 자리가 절정이라니,
그만 내 사랑 빗장을 풀어주고 오는 것이네

슬픔의 맨얼굴

휴관인 걸 잠시 잊고 도서관에 온 날
빌린 책만 반납기에 넣고 돌아서는데
빈 의자 위에 내려앉는 저 눈부신 햇살

잊혔던 얼굴까지 환하게 보일 것 같아
홀리듯 나무에 꼼짝없이 기대어 선다
악착같이 울던 매미는 모두 어디로 갔을까

오래 전 자주 오르던 동대문시립도서관
몸이 아파 학교를 쉬게 됐다는 사연조차 부럽던
비틀린 열여덟 가난한 내 발자국 소리 같은

그날 검정시험장에 왔어야 할 그 친구가
아무런 귀띔 없이
펄럭거리는 책갈피 사이로 사라진 말 같은

기억하지 않아도 몸에 새겨진 흔적이 있다
이복오빠를 피해 우리 가족이 먼 타지까지 짐을 싼
그 이듬해 여름이 지워진 먼 날로부터

〉

낯선 이름으로 반송된 엽서를 받은 훗날까지도
나는 불쑥불쑥 솟는 통증의 주소지를 알지 못했다

그때 내 눈길이 오래 머문 건 분명
말린 꽃잎 같은 엽서 끝자락에
참 좋은 동생이었다는 친구 오빠의 한마디뿐이었는데

흔들리는 햇살 건너가는 나무 밑에서
천천히 천천히 네 얼굴을 기억해낸다
어린 죽음이 다정한 말보다도 너무 멀리 있었던 그때

기도

한동안 의심으로
얼룩진 계절을 여러 번 물들였다

아주까리 씨앗이
피마자기름이 되는 일을
흙더미를 흔드는 여린 봄볕에
간지러워하는 강물을 알지 못한 채

먼 바다를 여는 아지랑이
물먹은 가지에 초록으로 오는 길을
굳은 어깨를 만지고 가는
바람의 눈동자를 알지 못한 채

내게 올 리 없으리라는 그이가
신발이 되어 준 일
평생 지나쳐만 왔다

어두워오는 저녁이면
요긴한 주문을 들고

목 늘여 기다리는 식탁의 부스러기

숱한 얼굴이 밀려오고
가슴에 돌덩이 하나 매달린다
숨어 울기 좋은 바닥에
밤새 무릎이 쓸려나갔다

얼마나 오래 머물렀는지
새벽 어스름 머금은 창가에
가만가만 다가오는 숨결
태초부터 새겨진 내 안의 형상
봄비에 촉촉이 젖고 있었다

꼬리잡기

집 나간 엄마의 꼬리를 잡는 꿈이
내 꼬리를 무는 꿈

뿔뿔이 달아나는 도마뱀 꼬리를
따라잡는 꿈

뜨거운 바닥에 닿았던 꼬리뼈가
뾰족한 못이 된 꿈

몸 밖으로 자라는 못에
고스란히 되박이는 꿈

함부로 들어박힌 못이
어느새 곧추세운 뼈대가 된 꿈

엄마의 편지

봄부터 한글교실에 나가신 팔순 어머니 평생 처음이라며 상장을 자랑합니다 편지쓰기 대회가 있었다는데 주름진 눈가 촉촉이 공들여 쓴 편지에는 타지에 사는 막내아들이 눈에 밟혔던 건데, 조사 몇 개 빠진 서툰 행간에 유난히 더웠던 여름 끝 곡진합니다 생전 처음 써본 편지글에 가만히 떠올리는 해묵은 슬픔 속 어머니와 같이 맞장구치는 일도 색다른 놀이만 같아서 도란도란 '1916년 6월 13일 엄마 씀' 까지 읽어 내리다 까르르, 우리 모녀는 그만 먼지 쌓인 세월 속에 미끄러집니다 지난한 기억이 호출되는 곳 갈피갈피 접어둔 마음 펼쳐보면 잠들지 못해 뒤척인 흔적, 입 열면 주르륵 쏟아질까 함부로 들추지 못한 평생 앙 다물고 살아낸 화석 같은 연대입니다 남의 말 하듯 한술 두술 이야기를 떠 담다가 어머니, 이제는 겹받침도 웬만해진 글 솜씨니 줄래줄래 옛이야기 엮어보시려나 추임새에 가만히 눈 떴다가 감았다가 아무려나 내력을 펴려나봅니다 모처럼 닮은꼴 모녀의 의기투합에 눈시울 물드는 저녁참입니다

Bibliotherapy

잘못 찾아간 검색어 탓에
알 수 없는 주소지에서 날아드는 스팸메일처럼
복합어가 되어버린 어떤 말은
가닥을 잡기도 전에 증상으로 번어
질병코드를 만들기도 한다지
책장을 넘기며 중얼거려본다네
산다의 명사형은 살의일지도 몰라

죄책감이 떠나질 않던, 언제였나
여남은 살부터 곰팡이처럼 피어오르던 그 텅 빈
교실에선 무슨 말이 있었던 걸까
복도를 지나가던 아이가 선생님 눈에 띈 건
분홍빛 시폰 리본을 곱게 묶은 탓이었을까
방광이 약한 소녀는
딱딱한 무릎 위에서 자꾸만 턱수염에 찔렸지

따귀라도 맞은 듯
햇빛이 너무 좋아 쩍, 금이 가는 날에는
홀딱 벗고 뛰쳐나가 춤이라도 추고 싶은데

그림자를 잃어버려 질금거리는 오후
시퍼렇게 눈뜬 허공을 찌르려는 듯
운동장의 나무가 소리 없이 치올라갔지

또 한 페이지를 넘기자
꾸덕꾸덕 바람을 걸어온 과메기 한 점

애도(哀悼)

심연의 하늘을 가로질러 차츰차츰 걸어가는 검은 그림자

느리고 더딘 것들만 빈손 위에 그렁그렁

아무런 표정도 그리지 않은 채

총총 사라지는 얼굴들

다 읽지 못한 눈빛

못내 닿지 못한

이야기 같은
그런

소문이 도처에 있었다 젊은 여자가 애월 앞바다에서 세 살배기 딸과 투신했다는 비보가 들렸다 그녀의 수심은 한 장의 담요에 감싸 안은 어린 딸의 울음으로 지워진 함묵이다 어두운 바다 속으로 태를 끊고 들어가는 그림자가 존재의 증명이 되었다 죽음 앞에서 예의를 갖

추는 사람들의 빚진 마음같이 귀가 부드러워진 돌멩이 하나 누구도 가늠하지 못할 무게 위에 얹어둔다 젖은 머리카락을 쓰다듬으며 식어버린 발목을 오래도록 만져주는 일밖에는,

비상구 남자

네가 나를 사랑하느냐* 물으실 때
움츠린 어깨로 얼굴을 감쌌다
누구보다도 부끄러워지는 제단이라고 읊조렸다

사람들 사이에선 이미
병이 깊었다는 소문이 있었다
위로를 받겠다던 어떤 사람은 혀를 차며 돌아섰다는
후문도
수상한 계절이 서너 번 바뀌는 동안
종주먹 붉어질 때도 더러 있었다고 들었다

그러나 멈출 수 없는 길이라는 것이다
매무새를 여미고 다시
형형한 눈빛 우러러 초원을 보는 것이다
어둠이 깊어갈수록 빛나는 그의 맨발을 본다

*요한복음 21장 17절 말씀 중에서

4부

내 이름을 생각하는 밤

가끔 어둠, 이라고 말하고 나면 불현듯 목구멍이 아려올 때가 있지 발자국 낮은 구두소리 숨죽여 기다리던 한겨울 밤 눈부신 가로등처럼 골목을 온통 뒤덮은 눈꽃더미 너무 밝아 가릴 곳 없던 작은 방에서 숨 가쁜 사랑이 지나면 머뭇머뭇 아무런 무늬도 짜지 못한 채 잃어버린 말들 있어 서로의 빈손이 부끄러웠던 그때 이미 앞일을 알아버린 것인데 가난이 품은 두려움은 감정의 덜미를 거머쥘 만한 것이었는데 아직도 어두운 창밖에 기우뚱 눈 먼 사람 하나 보내지 못한 것인데 어질고 맑게 살라고 지어주신 이름이라는데 얼마나 맑아져야 어둠을 묽힐 수 있는지 아직도 어질지 못한 두 손으로 날마다 낯선 얼굴만 가리고 있는 것인데,

빈가(貧家)의 내력

펌프에 쉿내가 올라오던 서울 변두리 마당가에 바야흐로 코피를 터뜨리며 자지러지는 이웃집 아주머니 앞에서 엄마의 입이 지워졌다

아이고 돼지 엄마야 내가 인제는 쫓겨나게 생겼다구 내 반지 석 돈... 아이고 자네만 믿고 빌려줬잖아... 야 %$# @$#%

그 끈끈했던 자매관계가 깡그리 무너지던 현장에서 사춘기 나는 부끄러움의 화염에 휩싸이던 심장을 지웠다

몇 달 내로 벌어서 붙여줄 만한 만만한 일이란 없어 엄마의 종종걸음은 오밤중에 골목을 에둘러서 오던 길에 지워져 버렸다

금붙이란 결코 살붙이가 될 수 없는 법이라고 제법 시니컬했던 그때부터 원인제공자가 가해자라는 공식을 세우고 나의 생, 각은 한 방향으로 내달리다 무능한 아버지를 지웠다

〉

피붙이를 위해서라면 목숨도 아끼지 않는다는 인류의 공식이 사방에서 융단폭격을 맞는 건 교환가치의 문제라고 하면 사람답지 못한 일이 될까 수치심으로 온몸의 피가 쏟아져 나가던 그때에도 뒷감당은 더 오래 살아남은 자들의 몫이었다 기우뚱 기울 때마다 모든 죄는 나에게 원인을 청구했다 살붙이 한 남자를 지웠다

그런데도, 살면서 새록새록 못나고 약한 것들을 향하여 피가 더워지는 건 비루한 아버지가 남긴 부채 탓일까 내가 할 수 있는 유일한 일이 울음뿐이었으므로 최후에는 보이지 않는 신을 불렀다

평화의 꽃

땅 속 어둔 곳
싹눈 틔우는 몸짓이 있어
다시 봄날

캄캄한 길
앞장 서 걷는 걸음이 있어
다시 봄날

태양을 향해
솟아오르는 함성
새봄 터뜨린 아우내 장터

해마다 삼월이면
백만 년 동안의 언니 얼굴
언제나 봄꽃

타임캡슐

편도 열차에서 그녀가 내린다
3월 1일 정오의 역
또 다른 사람들이 내린다
백 년 지난 어느 역
두 사람이 나란히 걷는다
태어나지 않은 여자가 웃는다
수중정원을 가꾸며
물끄러미 방울져 내리는 창문을 본다
초봄이 피는 테라스에서
영원을 품은 꽃을 가꾼다
두 개의 물이 만나는 곳
하얗게 물든 아우내
푸르고 붉은 함성
하늘로 날아오르는 새를 본다
편도 열차 칸칸마다 손을 흔든다
아득한 옛날로부터 달려온 사람들이
아프리카, 몽골, 만주에서
정주로 탑골로 병천까지
구릿빛 빛나는 아침을 맞는다

살아가는 힘

벚나무 둘레에 소복이 쌓인 꽃무덤
떨어지는 것도 자연스러운 일이지

벚꽃 만개한 봄날에 꽃 지는 일 따위
아랑곳없이 익어가는 물큰한 오후

늘어진 가슴 출렁대며
이면 도로 가로지르는 여자

아마존에서 폐활량을 키웠던
착착착 접힌 폐지더미가 앞장을 선다

모든 기록은 지층처럼 포개지고
주름진 얼굴에는 알 수 없는 고요

가끔씩 종이상자 간추리며 걸어오는데
눈부시게 찰랑대는 귀걸이 한 쌍

지나간 길 위에 살랑 벚꽃 진다
반짝, 마주쳐 가는 재생의 눈빛

하찮은 고백

서툰 첫 키스를 했네
관자놀이가 뜨거웠던 열여덟 저녁

낙숫물 똑똑 떨어지던 처마 밑에서
파랗게 질린 입술에 포개지던 온기

고양이 등처럼 흠칫 부드러운 어둠 속에서
아무 것도 잡히지 않는 아득한 눈을 보았네

키스를 할 때는 눈을 감아야 한다는데
먼 먼 우주 내가 살고 싶은 낯선 곳까지

소리 죽여 방문을 땄을 때
엄마는 나에게 도둑년 같다고 했네

사랑은 죄책감 같은 것으로 둥둥 떠다녔네
그렇게 떨리는 심장 속으로 툭, 파고들었네

목련꽃 희고 붉은 모가지가 뚝뚝 떨어질 때면
얼얼한 뺨 세차게 후려치는 소리 자지러지네

신안동 외갓집

해마다 방학이면
남동생과 외가에 내려오던 일
어둑한 새벽 대전역은
한여름에도 선뜩한 냉기가 파고들었다
타박타박 어린 손 맞잡고
광장을 지나 원동 사거리 돌아
대동 골목시장 가로지르면
신안동 골목에 먼저 와있던 아침 해
사진처럼 선명한 골목 풍경
멀리 다리 밑엔 튀밥 튀기는 냄새
개천 건너 고려극장 주변엔
무서운 아이들이 더러 있다고 했다
할머니는 얼씬거리지 말라고 했지만
남자애들의 그림자가 길었다
두 편의 영화를 보여준다던 고려극장은
비밀을 담은 간판만 내다걸었다
남루한 방학이 끝날 것 같지 않아
초혼을 읽고 진달래꽃을 암송하면
글 모르는 할아버지 걱정 따라

외갓집 툇마루에 떨어지던 땅거미
가난이 주는 부끄러움을 오래 떨치지 못한
바람 끝에도 쉽게 흔들리는 심장을 지닌
시인은 불안 속에 태어나는 울음인 줄만 알았다
봉긋 마음이 자라던 자리
컴컴한 저녁을 더듬어 모자란 글귀를 찾는다

그녀의 겨울밤을 엿듣다
–k여사의 예후

들려주려니 그렇군요 가끔 공원에 가면 공룡 모양의 헬륨풍선을 사오곤 해요 어차피 달아날 수 없는 목숨을 서서히 몰아붙이죠 창문을 열어 놓아도 그 자리예요 우울한 레퀴엠을 듣기도 하죠 스물네 달 전 싹둑 한 귀퉁이를 덜어낸 위장의 나머지가 출렁대나 봐요 친절한 의사의 만류에도 아랑곳하지 않는 쌉쌀한 술기운이 표류하고 있어요 흉물스런 껍질만 남기고 바닥에 처박힌 공룡의 조상을 진혼할까요 진단명이라, 너무 오래 참아온 바람의 날들이 몸속에 묵직한 곽을 쌓았다네요 그러니 저 아름다운 남편을 함께 순장시키고 말까요 함께 하지 못한 시간은 서로가 떠있는 섬일 뿐이지요 그 역시 지금쯤 세포가 불어나는 현장을 잡아 편년체의 칼날로 기술중일 거예요 나의 두 번째 무사 무사한 계절이 권태롭게 지나가고 있어요 그러니까 사전적으로는 투병중인 셈이죠 물론, 나는 내 시간을 절대적으로 위무한답니다 이제 건배할까요 저 몰락한 공룡을 위하여, 여러 해 바람의 사초를 엮어온 남편을 위하여 그래요 이해할 수 없는 것을 이해하는 것이 이번 생의 빛나는 바람이에요

흉터

철 비껴 주춤주춤 피어나
깊은 어둠에 풀썩
붉은 저 꽃을 어찌하나
가만가만 불 켜 보는,

웅덩이에 얼비친 허공으로
새 한 마리 날아간다
아주 오래 전
화석이 되어버린

백년해로

환자가 있어서 전세를 빼기 힘들다고 통사정하는
세입자와 떨떠름하게 앉았다 일어서는데 밥 먹고 가란다
수년간 불어온 바람에 씌어 한쪽으로만 쏠린다고
등받이 각질이라도 털어내는지 연신 자세를 바로잡는 남자
인생이 딱해서가 아니라 순전히 자식들 때문이라고
이남박에 쌀을 벅벅 치대며 구시렁대는 여자
평생의 골치를 버무리는지
기다리느라 시든 푸성귀를 무치는 동안
검은 솥단지에서는 자글자글 밥 끓는 냄새가 시끄럽다
바닥 들끓을 때 밥물 잦아들려면 슬쩍 한 김을 빼야 하던가
한바탕 울음이 지나가자 저간의 사정이 단숨에 쏟아진다
살던 동네에서 남편에 관한 말들이 먼지 날리듯 분분했다고
그 많은 여자들과 술 속에 빠졌다가 하필 상견례 날 쓰러졌다고

제금 나간 자식들은 모두 오그라진 아버지 편이 되었다는데
몸 성할 땐 자식 혼사 걱정한다고, 이제는 사람 도리라는데
어느 시인은 평생 마음에 둔 애인이 있었다는데
아내가 쓰러지자 어느 날 순애보의 주인공이 되더라는 얘기 곁들여
백년해로도 아무나 하는 게 아니라서
남은 인생 동굴에 흰뼈가 묻힐 것이니 아름다운 황혼이라 칭했네

아버지 略史

북에서 남으로 아버지 이념이 아닌 꿈을 좇은 젊은 날 미추홀 소금밭에 깨금발 디딘 이유라지 본 데 없는 집안에 귀한 딸 줄 수 없다고 핏덩이만 손에 들린 채 스물 셋에 숨은 아비가 되었다지 굴곡진 역사는 언제나 남녀상열지사로 남는다지 통증을 없애는 온갖 종류의 처방전들은 오래 전 들었던 옛이야기 같기도 해 아버지는 소리꾼

깨진 꿈 붙일 곳 너른 천지라고 아버지 캄캄한 별을 좇아 가늠해본 첫 번째 말죽거리 논밭은 근시안으로 닿기엔 촉이 모자랐던 게지 두 번째 침 튀겨 골라 낸 구역은 허술한 공장지대 어둑한 기찻길 너머 제일 먼저 길목이 뜯기고 입이 헐리고 사방이 뚫려 원주민은 발붙일 데 없다 했지 언제나 반 박자 빠르거나 한 발짝 미끄러지는 차차차 공전이 일어나는 세상을 일찌감치 알아버린 삼남 일녀는 뒷모습으로만 남았다지 먼 길 떠난 아버지 그건 휴식 같은 일

〉

더 이상 풀밭에 내놓을 양이 없는 자유로운 가계는 비눗방울처럼 가벼워졌다네 교회당 첨탑이 높았던 그 동네 누구의 예측도 없었던 거지 슬픔은 배우는 일이 아니었던 거지 반복하는 슬픔이 몸 안에 가라앉으면 옛이야기가 되어 한없이 떠오르는 거지 한 번 더 슬퍼지기 위해 둥둥 흐르는 거지 다 못 나눈 사과를 한 입 베어 무는 거지 세 번째 미끄러지는 유전에 대해 웃어보는 일이지 종종 꺼내보라고 아버지 주문을 외던 일이지 슬픔조차 노래로 남겨준 시작

연인의 지도

당신은 이미 다녀간 사람인데
마른 입술 위에 닿지 못할 이름을 짓는다

당신의 말을 따라가다 눈시울 떨려
등 뒤 다독여주지 못한 손바닥 뜨거워지는데

날마다 이별을 예감했을 안쪽
예의를 갖추어야 할 삶의 마디와 격식들을 생각해본다

빼곡한 침묵 수북한 갈피
세상에 없는 지도를 필사하는 사람이 있다

한줌의 무게로 남은 기억 떠올리는 건 일생을 다 살아버린 얼굴일 텐데
끊지 못할 기대를 이끌고, 다시 오르는

아무런 금 긋지 않은 숲길
컴컴한 나무숲 속으로 휘적휘적 걸어가는 한 사람을 본다
〉

매일매일 심장을 꺼내 별에게 부치는
당신의 노래가 당도하는 거기,

화양연화

뜨거운 여름 매섭게 뚫고 나가는 매미 울음
허공 한번 접었다 펴는 사이 깃털 구름 유유하다

반복되는 감정이 매번 새로울 수 있는 건
잠깐씩 돌아보는 사이 뭉텅 잘려나간 계절 때문이라고
공원에서 갸웃거리던 사람들 종종걸음으로 스쳐간다

나무 이파리 술렁거린다
몸속에 뒤척이는 말들이 당도했다고 믿은 시간
모든 찬란한 기억이 심지 돋우던 그때를 기억하는데

서로 유예한 약속은 다음으로 닿음으로 남겨둔 걸까
깊고도 아득한 강을 건너간 사람은 그곳의 경계를 말해주는데

하늘을 휘감던 매미 소리 십자로를 열고
느 릿 느 릿 여 름 이 교 차 한 다

■□ 해설

정주와 유목 사이

황정산(시인, 문학평론가)

1. 들어가며

인간은 정착을 하여 문명을 만들었다. 한곳에 머물러 농사를 짓고 울타리를 치고 가축을 기르고 그곳에서 역사를 이루고 제도와 문물을 발전시켜 왔다. 우리가 지금 누리고 있는 경제적 번영과 현대 문명은 모두 이 정착의 역사가 만들어낸 산물이라 해도 과언은 아닐 것이다. 이 정착의 삶은 인간들에게 안전하고 편안한 공간을 제공해 준다. 높은 담을 치고 든든한 집을 지어 비바람과 눈보라 그리고 난폭한 들짐승을 막아내고 함께 모여 생활함으로써 노동의 효율성을 증대시켜 비약적인 생산성의 향상을 가져왔을 것이다. 뿐만 아니라 윤리나 종교 등을 만들어 함께 사는 질서를 세우고 공동체 내 성원들 간의 사랑이 가능하도록 했음은 물론이다.

하지만 정착의 삶은 인간에게 억압과 복종을 강요한다. 한곳에서 무리지어 살기 위해서는 누군가의 강력한 지도력이 필요하기 때문이다. 그래서 권력이 생겨나고 가진 자와 갖지 못한 자의 구별이 생겨나고 폭력이 일어나고 법과 질서를 통한 통치가 필요하게 된 것이다. 편안하고 안전한 삶을 보장받기 위해서는 누구나 이 권력의 지배를 받아들여만 한다.

그런데 이런 정착의 삶이 아닌 또 다른 삶의 방식이 우리 인간의 삶에 계속 이어져 오고 있다. 그것은 유목의 삶이다. 한군데 머물러 영토를 구축하지 않고 끊임없이 떠돌아다니는 삶의 방식이 바로 그것이다. 항상 가혹한 삶의 환경을 감당해야 하지만 하나의 질서와 권력에 편입되지 않는 자유로움을 누리는 삶의 방식이다.

인간의 집단무의식 속에는 이 두 가지 삶의 방식과 지향이 동시에 들어있다. 안정과 평안을 추구하면서도 끝없는 방랑 속에 자신을 내모는 자유를 꿈꾸기도 한다. 그것이 인간의 운명인지도 모른다. 홍인숙 시인의 첫 시집 『딸꾹, 참고서』는 바로 이러한 인간의 두 지향을 동시에 생각하게 해준다. 특히 시인은 예리한 눈으로 자신의 일상 속에 잠재해 있는 이 정주와 방랑의 계기들을 포착해 내고 있다.

2. 집에 관한 두 개의 이미지

홍인숙 시인의 시들에는 집이 자주 등장한다. 집은 일상이 존재하고 그 일상 속에 안온한 가족 간의 행복을 누리는 공간이지만 동시에 그것은 자신을 붙들고 정해진 삶을 강요하는 구속의 수단이기도 하다. 다음 시에서 집은 아버지를 떠올리게 하는 그립고 따뜻한 공간이다.

한 시절 기꺼운 옛 이야기 있어
아버지, 사람은 죽어서 어디로 가나요
곁에 둔 이들은 모두가 별이 된단다
빛의 등불 켜들고 먼 길 기다려주지
그때에 비로소 화안한 빛이 걸리고, 얘야
캄캄할수록 별이 더 빛나는 건
곰살궂은 그 젖줄 거두지 못한 때문이란다

겨울 밤 아득아득 신열에 들뜰 때
별들이 까무룩 물결에 번지곤 했어요
아, 아, 아버지 강물이 험하게 출렁거려요
미끈덩 맨몸으로 나와 한평생 물살에 휩쓸렸어요

발판을 대지 못해 묶어둔 것 없어
홀로 대거리하던 난바다
요동치는 파도 속 뿔뿔이 눈 밝은 먹물만
아무도 찌르지 못할 환멸의 서사를 쓰곤 했지요

긴긴 밤 혼곤한 이마를 짚어주던
내 한 시절 기꺼운 옛 이야기 있어
겨울날 밤길에도 홧홧 별들은 타올랐어요
얘야, 별이 아름다운 건
철새가 깃들일 방마다 불 밝힌 때문이란다

–「별이 아름다운 것은」 전문

이 시에서 집은 등불을 켜고 캄캄한 곳을 헤매는 가족을 기다리는 공간이다. 세상은 "험하게 출렁거"리는 강물이거나 "요동치는 파도"가 위협하는 난바다이다. 그런 세상에 집과 그 안에서 기다리는 가족이 있다는 것은 "겨울날 밤길에서 홧홧 별들은 타"오르는 것 같이 불 밝힌 방이 있다는 것이고 "곰살궂은 젖줄을 거두지 못한" 누군가가 나를 염려하고 있다는 것이다. 죽은 사람이 별이 되어 나를 지켜주는 그런 가족의 안온함이 세상을 지배하고 바로 그런 사랑이 가능하게 해주는 공간이 집이다.

하지만 다음 시에서 집은 시인에게 다른 의미로 다가온다.

> 몇 날 며칠 밤이든 오롯이 끌어안아야
> 꼬박 받아낼 수 있는 생각이겠다
> 지금 막 푸르게 몸피를 바꾼 저 창밖의 세상으로
> 툭툭 울음의 잔가지 떨어지겠다
> 꼬리를 내던지며 달아나는 시간의 각질 따라
> 유리를 투과하는 시선이 찾아가는 길
> 그것 말고는 달리 할 일이 없다는 듯
> 어제와 같은 그날이 천천히 떠다니겠다
> 창문 이쪽으로는 아무런 미동도 없이
> 몇 개의 화분만이 고른 숨 뿜어내며
> 그늘은 언제 저만큼 돌아앉았는지 헤아리고 있겠다
> 붉게 타는 목마른 시간의 혀
> 언젠가 창가에 나앉아 풀이 된 여자의 이야기를
> 들은 적 있다
> 잠깐 새 창틀 사이로 바람이 스쳤는지
> 바르르, 꽃잎들 부딪히는 소리 살강대겠다
> 온몸의 구멍으로 뻗어나가 햇살이 되고픈 여자
> 누군가를 간절히 기다리는 일은

함부로 빼낼수록 깊이 들어가는 속울음
투둑투둑 자판을 치는 새벽이 몇 마디 웅얼대겠다
귀머거리 같은 밤 내내 토닥여 주었다고
혓바늘 돋는 날카로운 모가지
푸른 멍 숭숭 봄 그늘로 포개어 주었다고
손등 위에 파란 정맥 툭 툭 불거지겠다
날금날금 제 상처를 파먹으며
하얗게 뚫고 나가는 서늘한 그늘의 시간 깊어지겠다

-「꽃잎의 그늘」 전문

위 시에서 집은 창문 밖의 환한 세상과 대비되는 "서늘한 그늘"로 묘사된다. 그늘은 나를 지켜주고 보호해 주는 공간이다. 하지만 이 시에서 그늘은 그런 긍정적인 의미로만 사용되고 있지는 않다. 그늘은 밝은 세상과 차단된 곳이고 또 누군가가 갇혀 있는 공간이다. 시인은 그 그늘 안의 존재를 "창가에 나앉아 풀이 된 여자"라는 아주 감각적인 표현으로 잘 보여주고 있다. 그 존재는 "혓바늘 돋는 날카로운 모가지"로 표현된 기다림과 컴퓨터 자판을 통해서라도 이 갇힌 세상을 넘어서 보려고 하다 "손등 위의 파란 정맥"을 보여주지만 스스로 "제 상처를 파먹"는 자기 소멸만을 반복하리라는 것을 잘 알고 있다.

또한, 집은 구속과 폭력의 도구가 되기도 한다. 다음 시가 이를 잘 보여주고 있다.

허공에 지은 집 한 채
사방 뻗는 포획의 촉수
누군가 궤도를 이탈한 방심의 순간
뒷덜미를 움켜쥐리라

절묘한 수읽기에 걸려든
저 무명의 실족사
채 다다르지 못한 주검의 속도 위로
부르르 파문이 인다

–「거미줄」 전문

이 시에서 거미줄은 거미의 집이지만 우리가 사는 집의 비유이기도 하다. 사실 우리가 살고 있는 집들은 허공에 지어진 것인지 모른다. 항상 벗어나고 싶어하기 때문이다. 하지만 집은 우리의 벗어남을 허락하지 않는다. 벗어나 자유롭고자 할 때 이미 "포획의 촉수"가 "궤도 이탈"을 허락

하지 않기 때문이다. 마지막 행의 "부르르 파문이 인다"는 구절에서는 가족제도로부터 일탈한 한 존재의 최후가 보여주는 사회적 파문을 생각하면 아주 재미있는 표현이기도 하다.

다음 시는 집이 주는 구속을 좀 더 강렬한 이미지를 통해 표현하고 있다.

소금한증막이 일터인 허드레,
그녀의 밤이 깊어간다
사철 폭염 아래 소금자루 층층 쌓아올리던
여자의 무릎에 점, 점 지네가 지나갔다

침묵으로 하루를 지워나간 자명한 통점
끝없이 흘러내리는 땀방울이
핏빛처럼 맺히던 내내
아무도 그녀의 눈물은 보지 못했다

부패하지 않는 아픈 독 송송 맺힌 불빛 아래
바다의 속울음이 더러 들리기도 한다는데
덜그럭덜그럭 멈추지 않는 그녀의 수차
인공관절 덧댄 그녀의 걸음걸이 꼿꼿하다

－「그녀의 염전」 전문

물론 이 시는 염전에서 일하는 한 촌부의 고된 일상을 노래한 작품이다. 하지만 그녀의 고통이 남다르지 않은 이유는 우리 모두의 삶은 이와 다르지 않기 때문이다. "걸음걸이 꼿꼿하"게 잘 버티고 사는 것 같지만 사실은 "멈추지 않는 그녀의 수차"처럼 쳇바퀴 도는 일상의 가혹하고 묶여 있는 삶이 그녀의 신체에 가한 폭력 때문이다. 우리 모두 역시 염전에서 수차에 매달려 있는 그녀와 다를 바 없다는 사실을 생각하게 해 준다.

하지만 이 집의 구속으로부터 우리 모두는 쉽게 벗어나지 못 한다.

단번에 데워지는 그, 뜨거움에 목말라 목구멍 헐도록 헛물 삼키고도, 목메는 사연들이 불량호스를 박은 채 구겨 넣은 물 새나간, 비루한 꼴들 모여 앉아 빠져나간 시간의 안부쯤이야, 아랑곳하지 않는 진급하지 못한 저들이, 밤새 배설한 쓸쓸함에 관하여, 아무도 기억할 필요 없는 늦은 몸단속 그치고, 흔들어 세운 택시 안에서 들려오는 평화의 메시지,

가족이 기다리는 집으로 지지직…그러나 더 이상
들리지 않는 사랑하는 여러분, 딸꾹 이제는 돌아갈
시간 가족이, 딸꾹 기다리는 집으로 새빨간 거짓말,
나는 모두 외출 중 뚜 뚜 뚜 뚜…딸꾹,

–「딸꾹, 참고서」 전문

늦은 밤 택시를 타고 겨우 집으로 돌아가는 취객의 입을 빌려 시인이 집에 대해 가지고 있는 생각을 대신 표현하고 있다. "진급하지 못한" 비루한 삶들이 맘껏 해방감을 위해 술을 마시지만 결국은 집으로 돌아가야 한다. 하지만 집에 돌아가면서도 "외출 중"이라고 하여 사실은 어딘가로 나가 집으로부터 벗어나 있고 싶어한다. 누군가 기다리는 집이 "빨간 거짓말"인 것처럼 이 외출도 역시 거짓말이다. 어쩌면 우리 모두는 이 취객처럼 벗어남과 매어있음의 중간지점에 살고 있는 것인지 모른다.

3. 자유와 구속의 아이러니로서의 사랑

사랑은 자신을 확장하는 행위이다. 타인의 삶을 받아들임으로써 나 아닌 나를 찾아가는 과정이고 내가 또 다른 내가 되는 과정이다. 하지만 동시에 그것은 나를 다른 존재에 묶어두는 구속을 내포하고 있다. 사랑에는 이 자유와 구속이 함께 들어있다. 다음 시가 이를 잘 보여 준다.

> 집 나간 엄마의 꼬리를 잡는 꿈이
> 내 꼬리를 무는 꿈
>
> 뿔뿔이 달아나는 도마뱀 꼬리를
> 따라잡는 꿈
>
> 뜨거운 바닥에 닿았던 꼬리뼈가
> 뾰족한 못이 된 꿈
>
> 몸 밖으로 자라는 못에
> 고스란히 되박이는 꿈
>
> 함부로 들어박힌 못이
> 어느새 곧추세운 뼈대가 된 꿈
>
> –「꼬리잡기」 전문

꿈을 재미있게 시로 표현한 작품이다. 꼬리뼈가 "뾰족한 못이 된 꿈"은 자유를 뺏기고 붙잡혀 있는 공포를 보여주는 악몽이다. 하지만 그 못이 다시 자신을 지탱시키는 "곧추세운 뼈대가" 되는 것으로서 시의 화자는 성숙함을 경험한다. 튼튼한 뼈대를 갖춘다는 것은 이제 독립해서 혼자 설 수 있음을 나타낸다. 그것은 다른 사람에게 의존하지 않고 살아갈 수 있는 자유를 표현하는 것이기도 하다. 그런데 이 자유는 어딘가에 되박힐 수 있는 못이 될 수도 있다. 짧은 시이기는 하지만 이 시는, 자유라는 것은 그 안에 구속을 내포하고 있을지도 모른다는 깊은 성찰을 보여주고 있다.

언제부터였을까요 삐걱거리는 높은 뒤축을 탓하며
왼발과 오른발이 불협화음을 내기 시작한 게
신기료장수 아저씨를 만난 즈음
구두 굽을 가는 동안 뜻 없이 왼발바닥의 통증을 말했죠
슈즈닥터의 명쾌한 진단은 오래된 상흔이라네요
꼬리뼈에 미친 충격으로 골반이 틀어진 탓이라고요
두 발이 엇박자로 흔들려야 시작되는 보행이니
비대칭인 몸 간의 일들을 몰랐을 밖에요

그러니까, 불균형의 오랜 역사는

느닷없는 골절로부터 파생된 셈인데요

스스로 들어붙은 오랜 실금이 기억 속에 파묻은 통점이었나 봐요

발과의 불화로 불뚝거리는 생의 요철을 밟으며

올라설 때마다 흔들렸던, 하이, 힐!

굽은 길의 곳대를 따라잡던 저린 날들은

불편한 기억을 담은 낡은 가죽으로 남았지요

왼발의 안전이 바른발의 허방이었던 적도 있었다면

불편이 몸의 길을 낸 지 오래됐다는 말

슈즈닥터는 솜씨 좋게 한쪽 굽을 눈곱만큼 도려내 주었어요

이러구러 구두와 한 몸이 되었군요

때로 바른 것만이 옳은 게 아닐 수도 있다는 가벼운 날숨

서로 한 곳을 바라보고 가자는 건데요

관심이 없으면 알아채지 못했을, 그런 이야기

–「흔해빠진 이야기」 전문

너무 설명적인 서술이 길어 약간은 산만한 작품이긴 하

지만 이 시는 한 존재가 다른 존재를 받아들이는 과정을 아주 잔잔하게 말해 주고 있다. 구두는 외출을 위해 필요한 도구이다. 그것은 사회생활과 외부활동을 상징한다. 하지만 이 구두가 시인의 신체에 오랜 기간에 걸쳐 실금을 만들고 "불편한 기억을 담은 낡은 가죽"이 되어 자유를 억압하는 도구가 되어 버렸다. 이런 불화를 극복하는 것은 "한쪽 굽을 눈곱만큼 도려낸" 슈즈닥터의 처방과 같이 구두와 한몸이 되는 것이다. 바로 구속과 자유를 모두 받아들일 때 우리는 한 존재를 나와 함께 하는 것으로 받아들이고 비로소 그 존재와 한몸 되는 사랑을 경험하게 된다. "흔해빠진 이야기"라는 이 시의 제목처럼 정말 흔한 일상의 이야기를 통해 쉽지 않은 깨달음을 느끼게 해주는 작품이다. 그런 점에서 "흔해빠진 이야기"라는 제목은 아이러니한 교훈을 우리에게 알려준다. 그것은 흔한 구두 한 짝처럼 우리의 삶의 하찮은 것에 진실이 있고 이 하찮은 것을 받아들이는 것이야말로 진정한 사랑의 실천이 아닐까 하는 바로 그런 깨달음이다.

홍인숙 시인은 그런 사랑에 대한 생각을 다음 시에서 아주 아름답게 표현하고 있다.

겨우내 너를 앓고

해운대 바다에 찾아 갔었네
무심한 발길 아래 동백꽃무덤
붉은 것들은 슬픔의 기미를 간직했는데
검푸른 동백이파리 풋것의 기억을 매달고 있네

해변에 어우러진 청춘들
물비늘 반짝이는 파도를 읽네
가만히 모래 밑에 손등 밀어 넣어
귓불까지 붉어질 주술을 부려볼까

파드닥거리는 새의 날갯짓
흩어지는 물결 위로 우르 우르르
윤곽 흐려진 바닷바람 술렁일 때
툭, 새의 심장보다 먼저 떨어지는 꽃모가지

정적이 흐르는 어느 경계에
서둘러 꽃잎 닫아버린 슬픔을 생각하는데
꽃이 진 그 자리가 절정이라니,
그만 내 사랑 빗장을 풀어주고 오는 것이네

—「동백꽃」 전문

동백꽃의 그 빨간 색이 사랑의 열정을 떠올리게 해준다. 그런데 동백꽃은 가장 절정으로 활짝 피어있을 때 지는 꽃으로 유명하다. 시인도 역시 동백꽃에서 바로 그 모습을 본다. 시인은 그것을 "새의 심장보다 먼저 떨어지는 꽃모가지"라는 아주 감각적인 언어로 멋지게 표현하고 있다. 그리고 "그만 내 사랑 빚장을 풀어주고 오는 것이네"라고 하여 사랑이 결국은 붙잡아두는 것이 아니라 풀어주고 자유롭게 해주는 것으로 완성된다는 것을 말하고 있다. 구속과 자유의 아이러니, 바로 거기에 사랑이 존재하는 것이다.

4. 맺으며

철 비껴 주춤주춤 피어나
깊은 어둠에 풀썩
붉은 저 꽃을 어찌하나
가만가만 불 켜 보는,

웅덩이에 얼비친 허공으로
새 한 마리 날아간다
아주 오래 전

화석이 되어버린

—「흉터」 전문

시인은 흉터에서 꽃을 보다가 다시 그 꽃이 새가 되는 것을 발견한다. 그가 중요하게 생각하는 것은 지상에 붙들려 있는 장식으로서의 꽃이 아니라 자유로운 날개이고 이 날개로 갈 수 있는 허공이기 때문이다. 물론 그 먼 곳으로 자유롭게 영원히 떠난다는 것은 새에게도 시인에게도 꿈일 뿐인 것은 확실하다. 하지만 시인은 그것을 "오래전/ 화석"이라고 말하고 있다. 그 화석이 된 흉터가 시인에게 오래된 꿈을 잊지 않도록 각성시키고 있다.

이렇게 홍인숙의 시는 차분하면서도 도발적인 지향을 내재하고 있다. 이 도발은 이 시집의 시들에서는 꽃이 몸이 되거나 몸이 꽃이 되는 것으로 나타난다. 시를 언어의 꽃이라 부르는 순간 언어는 아름다운 장식으로 형해화 된다. 그것은 언어를 형식에 가두고 자유로운 상상력을 제한한다. 이 조화 같은 시가 되는 것을 홍인숙의 시들은 온몸으로 거부한다. 그의 시는 항상 불안함을 지향하고 이 불안함으로 모험과 일탈을 꿈꾸고 그것을 통해 존재의 확대를 모색한다. 이 모색이 바로 홍인숙 시의 도발성이다.

기호이면서 욕망인 우리 자신은 꽃이거나 새이다. 하지만 이 둘은 모두 지금 여기의 관계 속에 모두 붙잡혀 있는 존재이기도 하다. 때문에 그것을 표현하는 언어는 항상 지금 이곳의 규율과 질서와 규범에 충실해야 한다. 모든 상투성은 이렇게 만들어진다. 홍인숙의 시는 이 안정된 상투성을 거부하고 불안한 변화를 추구한다.